यह वह या फिर कुछ और

जुडिथ हेर्त्ज़बर्ग

अनुवाद
शम्पा भट्टाचार्य राज़दान

वाणी प्रकाशन
नयी दिल्ली-110002
फोन : 23273167, 23275710 • फैक्स : 23275710
e-mail : vani_prakashan@yahoo.com
vani_prakashan@mantraonline.com

वाणी प्रकाशन का 'लोगो'
मकबूल फिदा हुसेन की
कूची से

The Financial Support of the Foundation for the Production and translation of Dutch Literature is greatfully acknowledge.

ISBN : 81-8143-200-2

वाणी प्रकाशन
21-ए, दरियागंज, नयी दिल्ली-110002
द्वारा प्रकाशित

प्रथम संस्करण : 2004

मूल्य : 100.00

अनुवाद : शम्पा भट्टाचार्य राज़दान
आवरण : यशपाल चन्द्राकर की कृति

शुभम ऑफसेट, दिल्ली-110032
में मुद्रित

YEH VOH YA PHIR KUCCH AUR
by Judith Herzberg
Hindi translation by Shampa Bhattacharya Razdan

अनुक्रम

भूमिका

जुडिथ हेर्त्ज़बर्ग की इन कविताओं का चयन उनके प्रकाशित काव्य-संग्रह 'Zeepost', 'Beemdgras', 'Strijklicht', 'Dagrest', 'Zoals' और 'Batshol' से किया गया है। इस संग्रह के लिए मैं विशेष रूप से डच् साहित्य संस्था के प्रति आभार प्रकट करती हूँ जिनके आर्थिक अनुदान से यह सम्भव हुआ है। अनुवाद और चयन की प्रक्रिया में कई तरह से सहयोग करने के लिए कवि जुडिथ हेर्त्ज़बर्ग और 'डे हारमोनी' प्रकाशन संस्था को धन्यवाद देना चाहूँगी। मेरे इतालवी मित्र एवं अनुवादक फ्रांको पारिस और उनकी डच् पत्नी वैरोनिका ने इन कविताओं को समझने में मेरी जो मदद की है उसके लिए मैं उनकी आभारी हूँ। और इसी क्रम में मेरे उन सभी प्रियजनों को धन्यवाद जिनके सहयोग से यह काम संभव हुआ है।

यहूदी भाषा

मेरे पिता वो गीत गाते थे
जो उनकी माँ गाया करती थी
मुझे, उनका अर्थ पूरी तरह नहीं पता,

मैं उन शब्दों को फिर से गुनगुनाती हूँ
पुरानी यादें मेरे गले में मचल उठती हैं
उससे बिछड़ने का दुःख जो मेरा अपना है,

अपने बेच्चों को वह गीत सुनाना
जिसका अर्थ मुझे ही नहीं मालूम
हो सकता है वे जानें बाद में...बाद में?

हमें गुलाबों को बाहर फेंकना ही पड़ा
हमें पीने के लिए पानी की ज़रूरत थी।

उदास अन्तरंग भाषा
तुम्हारी अवमानना के लिए मुझे खेद है
मुझे अब तुम्हारी ज़रूरत नहीं
पर मैं तुम्हारी कमी महसूस करती हूँ।

बाडस्वीसेनाह[1]

दुल्हन चर्च से बाहर आती है एढ़ी से एढ़ी सटाये
एक अद्‍भुत सी चाल में
और बिखेरती है
अपनी भारी केशसज्जा से दबी मुस्कान,
चुम्बन लेने देती है तमाम चाचा और
कब्र में पैर लटकाए रिश्तेदारों को
और देखती है अपने जवान दूल्हे की आँखों में,
'बेगोनिया' के फूल खिले हैं, खिले हैं सदाबहार भी
इस मध्यकालीन चर्च के अहाते में,
ये हैं सिर्फ 'फोटोग्राफर' के लिये,
अब पादरी हमें सामने वाली पुरानी मूर्ति की
व्याख्या कुछ यूं कर सकता है—
वह जो ईसा को मार रहा है
उन्हें भटकते रहना चाहिए, वे यहूदी हैं,
दन्त कथा के अनुसार भटकते हुए अन्तिम यहूदी को
सन् 1510 में ब्रेमेन[2] में देखा गया था।
मैंने थूक निगलते हुए उन से पूछा
इस तपिश और घुटन भरे जर्मनी में,

---

1. जर्मनी में एक स्थान
2. जर्मनी का एक शहर

उनके चर्च ने प्रथम विश्वयुद्ध के नायकों को
शौर्यफलक से क्यों सम्मानित किया?
द्वितीय विश्व युद्ध के शहीदों को क्यों नहीं?
वह अपने आप को, मुझे, ईश्वर,
फोटोग्राफर और मृत सभी को सम्बोधित कर कहता है :
यह हममें से किसी के लिए आसान नहीं था
यूँ ही अपने को वक्त में ढालना
और यथार्थ से नज़रे मिलाकर चलते जाना।

बधाई

बधाई हो; टेबुल पर नक्काशीदार मेज़पोश
और उस पर रखे तमाम क्रिस्टल,
चाँदी चमक रही हैं, मोमबत्तियाँ जल रही हैं,
हम यहाँ बाहों में बाहें डाल
अन्याय-अन्याय के नारे लगाने आये हैं।
एक झटके में किसी ने टेबुल से सबकुछ गिरा दिया।
सब टूट कर चकनाचूर, आप झुकते हैं
और टूटे हुए टुकड़े से आपको चोट लगती है,
कोई बात नहीं, ठीक है, यह सब तो
हमारी ही उपलब्धि है, यह तबाही भी।

फायर प्लेस

उष्णता हमें आपस में जोड़ती है
छह बजे के समाचार के बदले
हम देख रहे हैं यह चौंधियाती लौ,
यह गिरफ्त में लेती है और सुकून देती है,
जैसे पूर्वी सीमा पर मुर्गों की लड़ाई।

1945

चाय के साथ हमारे लिए थे 'हीरो;
एक साथ सोफे पर बैठे हुए,
कहने को उनके पास कुछ भी नहीं था।
मैं उन्हें घूरती रही-घूरती रही
और वे शरमा गये, उनके पास
इस तरह की शान्ति से जूझने का
कोई तरीका नहीं था।

बीमार आदमी

मैं यहाँ कई दिनों से लेटा हूँ
मैं देख और सुन सकता हूँ कि क्या कुछ हो रहा है
ऐसा व्यक्ति जो हर चीज़ पर निगाह रखता हो,
वह एक जगह लेटे-लेटे भी निगाह रखेगा।

जिसे मैंने ऊँची आवाज़ में पुकारा
वह नहीं, बदले में कोई और ही आया
और वह वही था,
जिसे मैं नहीं बुलाना चाहता था,
पर आया वही!

मेरी सूखी जीभ के लिए एक चम्मच पानी
कोई नहीं दे सकता
मैं मुँह के बल ज़मीन पर गिरा
मेरी प्यास अब भी अनबुझी है।

समय

जो कमी मुझमें थी
वह कमी उसमें भी थी
समझे,

और देखो इन तंग
ऊन से लदे कमरों को
शराबी लाल रंग के अ़धखुले
'माईग्रेन' पर्दे,
वह है छोटी सी लड़की।

अक्सर विदा के शब्द मेरे ही होते
और खींचातानी का तो
शायद कोई अन्त ही नहीं,

हमेशा इस इन्त़जार में
कि ज़्यादा से ज़्यादा दे सकूँ
जितना मिला है
उससे कहीं ज़्यादा

ये कमी
संघर्ष भी करती है
जीने के लिए
बाहों के घेरे में रखती है
बच्चों को।

अब यह स्पष्ट है :
जो कमी थी
अब भी है।

चिन्ताएँ कार्य करती हैं

चिन्ताएँ दिशाहीन तेज़ हवा
जैसी होती हैं।
और ज़्यादा मुश्किल हो जाता है
सिर्फ सीधे खड़े रहना, सिर्फ सड़क पार करना,

वे समुद्र में बने पुल सी भी होती हैं
ऐसा पुल जिसके एक छोर पर कोई तैर रहा है
और दूसरे छोर पर कोई बैठा है
समुद्र तट पर बिछे एक तौलिए पर।
ज़्यादा दूर नहीं पर तैरने वाले को,
लहरों के नीचे, कुछ, खींचे लिए जाता है।

क्या एक करतबी घोड़ा
छलाँग लगाने से पहले
अपने आप को
नियन्त्रित करता है?

मित्रवत व्यवहार
का अर्थ ज़िद करना नहीं
बल्कि दम लेना है,

जैसे सन्नाटा तय करता है
सुर,
एस्किमों के
संगीत में।

छूकर निकल जाती रोशनी

छोमरा पंछी की सुस्ती और चुस्ती पर

उनके पास ध्यानमग्न उत्तरी ध्रुवीय पंख है
हा हा हा उस ऊँचाई से मन्द
या तेज़ हवा में बहते हुए
बकरों के बक्-बक् को ना हक छेड़ते हुए।

वे एक ही जगह बहुत देर तक लटके रहते हैं
उनकी छाया चट्टानों पर चिपक जाती है।

साँझ ढलने पर भी, अक्सर गर्म रहती है ज़मीन
सिर्फ समुद्र में फैलती है रोशनी, आलोकित चट्टानों से
उनकी फरफराहट, आँग की चिंगारी सी।

घोमरा पक्षी

घोमरों की चीखों ने बताया
समुद्र की ओर जाने का रास्ता,
बन्दरगाह की ओर जाती है एक ढलान,
सिर्फ नाव, धीमी गरारियाँ, सारस, कुछ और नहीं,
कोई चिड़िया उड़ती, कूड़े से दाना चुगती या
लहरों पर डोलती नहीं दिखती।
पर आवाज़ अभी भी रहती है, यहाँ तक कि
मशीनों का शोरगुल भी
चीख के मुकाबले धीमा पड़ गया।
'क्रेन' ने पेटियों को उठाया, हल्की और थोड़ी सी खुली
दरारों के बीच से अचानक—
पंखों का एक जीवन्त कार्गो,
घोमरे सूली पर ऐसे ही
लहराते हैं।

फोटो

एक-एक झुर्री सौभाग्य का प्रतीक है
अब तक मौत से जीतती आई हूँ,
कितने ही दोस्त और सहेलियाँ
काल में विलीन हो चुके हैं।

उसने चाहा

वह चाहती थी, वह चाहती थी
कि जब
भयंकर विस्मरण शुरु होगा,
वह आये, धीरे से फुसफुसाए
कि इन सबका नाम क्या है?

सूखा

अरबी बाग़वानी में पानी की क़िफायत होती है
हर एक पौधा एक दम अलग अकेला होता है
हर एक गुलाब ज़ंग लगे डिब्बों में है
कभी कभार किसी बर्तन में या फिर पत्थर से बनाए गोल घेरे
के अन्दर।

स्थान

जब भी किसी रास्ते पर चलते हो
वह छोटा होता जाता है,

ज़्यादा पक चुकी नाशपातियाँ
शाखों में ही फट जाती हैं।

अंजीर, आलूबुख़ारा, बिखरे हुए फल
सभी अपने आप को ज़ाहिर करना चाहते हैं

वर्रे है बाघ
मधुमक्खियाँ शेर।

बाद में रास्ता
कितना छोटा हो जाएगा?

फैसला लटका हुआ

लटका हुआ है फैसला
लटका हुआ है घर,
लटका हुआ है फर्नीचर
लटके हुए हैं बच्चे
बूँद लटकी हुई है
कोई नया और ख़ास मक़सद लिए।

जब बूँद गिरेगी
बच्चे भी गिरेंगे
फर्नीचर भी गिरेगा
और फैसला भी,

आने वाले पाँच दिन
मानो प्राँच साल हो जाएँगे।

सफर का दर्द

ठीक है, तुम मेरे साथ चल सकते हो, चलो और छान-बीन
करो, खण्डहर बना दिए गए पुराने शहरों पर चढ़ो, और आज
के इस लम्बे दिन के बाद, सूर्योदय—सूर्यास्त
हम खाना कहाँ खाएँगे?

तुम सूटकेस के अन्दर जा सकते हो
मेरी स्कर्ट की तहों के बीच,
मेरी माला के मनकों के छिद्रों में।

पर क्या तुम, क्या तुम कृपया
तमीज़ से पेश आओगे? क्योंकि
हम वहाँ किसी से मिलने जा रहे हैं,
कोई ऐसा जो तुम्हें अब तक नहीं जानता,
मैं तुम दोनों का परिचय करवाऊँगी,
पर शान्त हो जाओ, पहले जैसे
जंगली मत बनो।

शायद, एक बरामदे में,
शान्त और विचारशील,
साँझ ढलने पर, ग्लासें
बर्फ के टुकड़ों से भरी

शायद उन्हीं की टनटनाहट।
और कृपया तुम यह मत सोचना
कि विशाल हिमखण्ड के चटकने की आवाज़ सुन रहे हो।

जल्दी और चुपचाप सो जाओ, वादा करो
सिर्फ छोटी और नज़दीकी चीज़ों के बारे में सपना देखोगे,
रात को खींचते हुए जगना नहीं
अब और ज़्यादतियाँ नहीं।

सुबह सबसे पहले रेडियो नहीं
सिर्फ आँचलिक संगीत
जिसके अर्थ अमें नहीं पता,
ऐसा समाचार नहीं जो गर्दन, जकड़ ले,
वह भी नहीं जिसे तुम 'दुनिया' कहते हो।

और जब हम सहज घाटी में टहलते हैं
बिम्बों को अकेला छोड़कर,
इसे बार-बार दोहराने मत दो :
गन्दगी, शोरगुल
वहाँ की पहाड़ी का
इस पर कोई वश नहीं।

ओह, मेरे पास कितना भरा पूरा जीवन है

ओह, मेरे पास कितना भरा पूरा जीवन है
मेरे पास एक रेल का इंजन है
जिसे टेबुल पर भी चलाया जा सकता है,
मैंने तो इसे
बस यूँ ही बना दिया था इंजन
यह डमरू जैसी धागे की बॉबिन
एक फ़ालतू चीज़।
जब वह सिर्फ इत्ता-सा ही था, ओह, ये है—वह
इस फोटो में
और वो वहाँ—
'किको' चाची।

ओह, मेरे पास कितना भरा पूरा जीवन है
यह है एक बुज़ुर्ग
अति सौम्य
ओह, उनकी मूँछे भी है
उन्होंने इतने सालों से
टेलीफोन पर इतने गाने गाए
ओह, अब वही मूँछें
सफेद हो चुकी है
पर जब तक मैं जिन्दा हूँ

किसी के बाल सफेद नहीं हो सकते
उसे भी यह पता है,
ओह!

ओह, मेरे पास कितना भरा पूरा जीवन है
पर 'किको' चाची नहीं रहीं
ओह, और वह
टेलीफोन वाला मुच्छड़
या फिर वह रेल का इंजन
चाहे कितना ही सुन्दर क्यों न बनाया गया हो
अब वापस नहीं आएगा,
ठीक उसी तरह जैसे
वह 'चोकोलेट' का कप,
ओह, जिसके लिए मैं हमेशा
तैयार रहती थी,
वाह, वह मुँह में भरना सूखे 'कोको'—को!

बिल्लियाँ सूटकेस पसन्द नहीं करतीं

एक सूटकेस खुलता है
किसी ऐसी घटना की गन्ध लिए
जो घटने वाली है।

बल्कि वे उसके
ज़्यादा नज़दीक नहीं जाएँगे,
पर विशाल आकार का डर
उन्हें उस पर बदन रगड़ने को विवश करता है।

वे विदाई से कतराते हैं
और दूर भागते है।

उन्हें पता है,
दर्द अंत नहीं,
प्रतिवाद है।

द्वीप

दुःख के कुछ दुःख भरे पहलू भी हैं
जैसे दुःख अपने आप में पर्याप्त नहीं,
पानी के नीचे उसे पुकारना
जो वहाँ मौजूद ही न हो,
लगता है वह धीरे-धीरे समाप्त हो गया,
समय ने दफ़ना दिया उसे।

उत्तरी यूरोप की हिरणें घर से बिछड़ने के दुःख से मर रही हैं–
उत्तर के उस विशाल प्रदेश से बिछड़ने क़ा ग़म
जहाँ कुछ उगता ही नहीं।
ऐसा नहीं कि वे 'हालैण्ड' में
दौड़ नहीं सकते, वे सिर्फ
इस विचार से अभ्यस्त नहीं हो पाते
कि समुद्र में हर चीज़ का अन्त निश्चित है!

तेलअविव के गोयथे संस्थान में

उनसे सब कुछ छीन लिया गया
मुझे गिनवाने की ज़रूरत नहीं,
सूची ही पर्याप्त है, सब कुछ फिर से प्रारम्भ!
अब वे सफेद बाल और बेबस झुर्रियों के साथ
लेने आये है 'स्टेन्सिल पेपर'
जिसमें छपा है ताज़ा समाचार
उनकी पहली पसन्द : 'दूयेचलैण्ड बेरिस्ट'[1]
प्लास्टिक की थैली में 'सैण्डविच्' लेकर वे पक्के फर्श पर,
चप्पलों में अपने बूढ़े पैरों को
घसीट कर चलते हैं।

---

1. जर्मनी का लोकप्रिय समाचार पत्र

[1]VN VAN 7-5-1988—उदाहरण स्वरूप

यह पत्रिका, कविता संग्रह
कम और मैगज़ीन ज्यादा है
जहाँ एक पृष्ठ पर
शरणार्थी शिविर में विनाश
दिखाया गया है, दर्दनाक तसवीर
तीन युवकों की, दरअसल और भी बहुत कुछ
पर उनमें से तीन के पैर खुद बताते हैं हालात,
एक खड़ा है नंगे पैर रास्ते में
(घुटनों से सिर तक चीथड़ों से लदा)
एक अब भी पहने हैं जूते
एक ने पहन रखी है पुरानी चप्पलें,
फिर टखनों तक नंगा और उसके ऊपर पैण्ट
जिसे टखनों पर रस्सी से बाँधा गया है
पन्ना पलटने पर, ताज़ी और रसीली
पाक विधियाँ।

1. VN नीदरलैण्ड की मशहूर पत्रिका है, जिसका पूरा नाम Vrij Netherland (स्वतन्त्र नीदरलैण्ड) है।

मानो

मानो कभी तुम किसी कमरे में दाखिल होते हो,
बगैर जाने कि क्यों,
और फिर तुम्हें तलाशनी पड़ती है अपने आने का मक़सद
मानो तुम अलमारी से बाहर निकालते हो कुछ
बगैर जाने कि क्या,
और फिर उसे हाथ में पकड़कर
तुम्हें समझ आता है कि क्या चाहिए था,
मानो तुम कभी कोई 'पार्सल' पहुँचाते हो कहीं
और लौटते समय चौंक उठते हो
अपने हल्केपन के एहसास से।
मानो तुम इन्तज़ार करते हो किसी का
प्यार के प्रवाह में बह जाते हो,
एक क्षण के लिए, चाहे वह कोई भी हो
और फिर भी करते हो इन्तज़ार,
मानो तुम जानते हो मैं यहाँ आई थी
जब तक खुशबू लौटती नहीं
तुम्हें बताने कि क्यों,
मानो तुम जानते हो किसके साथ सतर्क रहना है
किसके साथ नहीं और किसके साथ तुम लेट भी सकते हो
मुझे लगता है ऐसे ही प्राणी सोचते हैं
ऐसे ही प्राणी राहों को जानते पहचानते हैं।

अब भी है गर्मी का मौसम

अब भी पर्याप्त गर्मी है
कितना कठिन होता
इसे उठाना और कितनी मशक्कत करनी होती
अगर सभी एक दूसरे की
मदद न करते!
अगर सबने
न बढ़ाए होते अपने हाथ।

कच्ची सिलाई

मैं अब वह नहीं रही जो याद रखती हो
मैं वह हूँ जिसके साथ यह सब हुआ था,
मैं अब वह नहीं रही जिसके साथ यह सब हुआ
मैं वह हूँ जो अब और याद नहीं रखती,

मैं वह हूँ जो याद रखती है
पर वह नहीं हूँ जिसके साथ यह हुआ था।

पर्यटक

यह ज़मीन मेरे लगाव को नकारती है
मैंने यहाँ कुछ भी नहीं उगाया, सिवाय
एक कब्र पर रोपे उस नन्हें पौधे के, जिसमें
ठण्ड बर्दाश्त करने की ताक़त भी नहीं, अगर मुझमें
अपने अवशेषों को यही दफ़नाने की चाह होती
तो ईश्वर पर विश्वास भी कर लिया होता,
खैर, उस नज़ारे के लिए अब काफी देर हो चुकी है
जिसका इस समय आनन्द उठाना था
सबसे ज़्यादा चकाचौंध वाले जिस कब्रिस्तान को
मैं जानती हूँ
समुद्र के पास वाले पहाड़ के बगल में,
वहाँ से चारे की महक आती है, चारा—
जिसके लिए मेरे पास एक गाय भी नहीं।

इरादतन

क्या तुम चाहते हो कि मैं तुम्हें बताऊँ
यह वह या फिर कुछ और
जिस बारे में तुम पहले से ही जानते हो
क्या मैं फिर से बताऊँ?

हाँ, क्योंकि मुझे कैसे पता चलेगा
कि मैं जो सोचती हूँ
वह वास्तविकता के कितना क़रीब है?

ये देखो कैसे रखा
मैंने अपना हाथ।

मेरा हाथ जो
अब नहीं है

पर था कभी—

सिल्विया प्लाथ की मृत्यु पर

कतार में पीछे हम नंगे खड़े हैं
जो लोग आगे हैं वे छुपने की कोशिश में हैं
जो पीछे हैं वे आगे वालों को धकेल रहे हैं।

वे हमें हाँक रहे हैं
सहमे हुए को ही ज़्यादा डराना है
कोई नहीं जानता उसे क्यों चुना गया है।

मैंने बुरी ख़बर सुनी है
चमत्कारिक रूप से मैं बच गई
अब मैं मातम मना रही हूँ अपनी बहन का।

मेने टेकूल (Mene Tekal) एक शैतान है
एक चींटी, एक केंकड़ा और अपने काले पंजों से
रेंगता है अधजले कोयलों और गर्म रास्तों पर

बेघरों को कभी घर से नहीं
बल्कि तसल्ली मिलती हैं
बंजारों के शब्दों से।

आश्चर्यचकित उस बच्चे के लिए
जो पैदा हो ही गया
ब्रह्मांड में भी कोई भूचाल तक नहीं आया।

इसे भेड़िए के पास शरण लेना चाहिए
अगर मातृरूप भेड़िये का अस्तित्व
अब भी कहीं है!

क्षतिपूर्ति

असफलता की नृत्य संरचना
एक ट्रेन जिसे पकड़ा नहीं जा सका,
एक घोसला अण्डों से भरा,
वे पत्थर के फर्श पर फूटकर बिखर जाते हैं,
एक भंगिमा जिसमें एक पल के लिए
क्षतिपूर्ति को दिखाया गया है।
एक हाथ अब भी ट्रेन की तरफ—
घुटने लड़खड़ाते हैं।

पीढ़ियाँ

हर वक्त सुनती हूँ मैं
अपने सिर में सरसराहट

मैंने ठीक से नहीं सुना

हर वक्त सुनती हूँ मैं
अपने सिर में सरसराहट

आज़ाद दुनिया में स्वागत है

मैं जैसी जानती हूँ वैसी
अंग्रेजी बोलूँगी :
तुम ठण्डा, गरम, भूख लगी है?
तुम विश्वविद्यालय—ओह—हाँ
कहाँ वह कहाँ है? नहीं,
माफ कीजिए, मेरे लिए काफी दूर है।

अब तुम शान्त हो सकते हो
तुम्हारी तकलीफें ख़त्म हो चुकी हैं
वे यहाँ नहीं आते
वे वापस नहीं लौटेंगे
तुम्हें पकड़ने के लिए, यहाँ तुम
महफूज हो, घबराओ नहीं।

नहीं यह रोने की नहीं
बिगड़ी हुई कार की आवाज़ है।
एम्बूलेंस के सायरन की आवाज़।
वे अस्पताल जा रहे हैं,
ज़ाहिर है, वे जल्दी में है,
ताकि दूसरे वाहन उन्हें जगह दें।

यहाँ ये कपड़े

तुम इन्हें रख सकते हो, ये
तुम पर फबते है
तुम्हें यक़ीन नहीं होता?
ओह, तुम्हारे पसंदीदा नहीं है?
तुम्हारे पास है? माफ करना—
मैंने सोचा कि वहाँ पर—
ठीक है, हाँ,
नहीं, ये नये नहीं है
पर ये तुम्हारे लिए हैं!
नये, हाँ और एक गद्दा,
एक समूचा अपना बिस्तर/चादर तकिया
तौलिया, साबुन, नहीं?
लेंटोगे नहीं?
क्यों नहीं लेटोगे?
तुम खड़े नहीं रह सकते
नहीं रह सकते।

तुम इस तरह
रात दर रात बिस्तर के पास
खड़े नहीं रह सकते।
जैसे कि तुम्हें—
किसी का इन्तज़ार है,
किसी ने नहीं कहा : मर गया,
सिर्फ हमें नहीं पता,
तुम्हें ज़्यादा चिन्ता नहीं करनी चाहिए?

हाँ, तुम यहाँ ठहर सकते हो।
लम्बे समय तक? कितना?
मैं नहीं कह सकती।
ठहरने के यों भी
कई अर्थ होते हैं।

बुढ़ापा

बाद में, जब मेरा दिमाग कमज़ोर हो जायेगा
साथ एक छोटा कुत्ता होगा और लटकी हुई चमड़ी
मैं अपने पास एक
गर्म पानी की बोतल रखूँगी
और नींद में तुम से बातें करूँगी।
उस समय मैं क्या कहूँगी
अगर अभी उस बात को समझ सको,
चटकते कुम्हलाए वृन्त-सी हो जाऊँगी
पर मैं उतनी टूटी हुई महसूस नहीं करूँगी,
पीले फूलों वाले जंगली पौधों-सी बुझी हुई
शायद तुम मेरा बड़बड़ाना सुन रहे हो?
वो चला मेरा नन्हा पैराशूट!

स्मृति चिह्न

मैं पूरा शहर ही तुम्हारे लिए
        ले जाना चाहती हूँ
स्मृति चिह्न के तौर पर तलाश रही हूँ
        एक छोटी सी निशानी
टोपी, अँगूठी, टी शर्ट
        या कुछ और?
पर मैं तो तुम्हारे सिर, ऊँगली
        या कन्धे का नाप ही लाना भूल गई!

हम जीते हैं

हम जीते हैं अपने इरादों के इरादे से
हमारे इस वर्तमान में
कोई कोष या माँस पिण्ड भी वैसा नहीं
जैसा कि कभी था प्रारम्भ में।

हम चूहों की बयालीस पीढ़ियों के बराबर हैं
शायद ज़्यादा, शायद उससे भी कहीं ज़्यादा
वे तेज़ी से पर थोड़ा ही जीते हैं
चौदह साल पहले का कोई नहीं मिलेगा।

फिर भी, इन परपोतों के परपोतों तक
हमारी बुनियादी सोच और मनसूबों का
सन्देश पहुँच जाता है,

वे सरसराते हैं सूखे 'वॉल पेपर' के पीछे
और फर्श पर जी-जान से संघर्ष करते हैं।

जवाब

नहीं, मैं प्रेम पत्रों के खिलाफ नहीं हूँ
पर मुझे ऐसे व्यक्ति की पत्नी होने में बहुत चिढ़ होगी
जो इन्हें लिखता है घर से दूर बैठकर
किसी दूसरे पते या पतों पर,
और मैं वाकई ऐसे व्यक्ति की पत्नी
नहीं बनाना चाहूँगी जिससे मुझे चिढ़ हो।

चिढ़ना एक अस्पष्ट शब्द हैं
बेनाखून पंजा?
खैर, हम इस बारे में फिर बात करेंगे
एक कप कैफिन रहित कॉफी के साथ
भविष्य में।

बर्बादी

उसने, कभी नहीं किया उसे जो करना था,
जब उसे अफसोस हुआ, तब उसने सोचा
अफसोस करना बर्बादी है वक़्त की, और
उसके बारे में सोचने में भी,
कितने ही पल बर्बाद हो गए!

[1]चार मई

जब वह कुछ बोलने ही वाला था :
सभी अपनी-अपनी दिक़्क़तों के साथ
पेश हुए, जो इतनी बड़ी भी नहीं थी कि
वह उन्हें एक अप्राप्य, बेहतर ज़िन्दगी की तरफ
बढ़ते न देख सकें।
दो मिनट मौन रखने का समय था
इंजनों को रुकवा दिया गया था
चर्च की घण्टियाँ भी थम गई थीं,
पंछी और तेलियर चिड़ियों का झुण्ड
भवन समूहों पर सनसनाने लगा।
हवा कुरेदने लगी कोनों को,
कब्ज़े पर टिका शामियाना चरमराने लगा,
और उन्मुक्त हवा में झण्डे
चाबुक की तरह फड़फड़ाते रहे।

1. हॉलैण्ड में 4 मई को रात ठीक आठ बजे से पहले द्वितीय विश्व युद्ध के शहीदों की याद में दो मिनट का मौन रखा जाता है। (7:58–8:00 p.m)

जादू

युद्ध से पहले यह अलग था–
रंग-बिरंगी नुकीली 'क्रेयोन' का भरा डिब्बा
जिसमें इन्द्रधनुष के सभी रंग शामिल हैं,
पर अगर तुम उसे धीरे से खोलोगे
सब कुछ बदल जायेगा क्योंकि
युद्ध से पहले भी कोई युद्ध रहा होगा।

देखो कितने प्यारे-प्यारे बच्चे
देखो हम सब भी हैं कितने अच्छे
हमने अपनी माताओं को तहखाने में क़ैद कर
तिनकों से खदेड़ा मेढ़कों को।

और जब हमने धीरे से उन डिब्बों को खोला
पटाखों की चिंगारियाँ टूट पड़ी पैराशूटों पर
वे तुरन्त मार गिराये गए
और आकाश खरोचते हुए जा गिरे।

तो ये सब
हमारी गलतियाँ थीं
उसने हमें यही बताया।

रोचक चमत्कार

वह आता था गुमटों को छेड़ने
चोंगों से खेलने,
आज मुझसे किसी नये तरह के
वेंटिलेशन नियन्त्रक के बारे में बताता है—
"ह्वेल का अस्तित्व समाप्ति की कगार पर हो
तो उसकी जगह कोई उतनी ही ख़ास
और बेमिसाल चीज़ इजाद की जायेगी
सिर्फ इन्तज़ार करें और देखें।"
कैसी? कोई और ही ज़्यादा स्वतःस्फूर्त जल-जन्तु?
उसने कहा, मत भूलो, हमने "मार्जारिन' का
आविष्कार कर लिया है।

कार्यक्रम

डर पहले जागता है, फिर जगाता है
बुद्धि को और फिर दिन भर के कार्यक्रमों को—
जो फिर कहीं छुप जाएगा।
क्यों इत्मीनान पहले नहीं जागता, या आनन्द?
क्यों डर इतना अनियन्त्रित है?
इतना दमनकारी?
'टीचर'! मैं! मैं!
हाँ, हाँ, टीचर ने देख लिया है,
अब अपनी जगह वापस जाओ
और बीच में मत बोलो,
'लंच' के बाद जब हम इतिहास पढ़ेंगे
तब तुम हमें सब कुछ कह सकते हो
कि वास्तव में हुआ क्या था।

उससे भी ज़्यादा आश्चर्यजनक

उससे भी ज़्यादा आश्चर्यजनक है कि
अब हम और हँस नहीं सकते
बात करना, एक दूसरे को छूना,
ऐसा है कि मैंने
तुम्हारी तसवीर उतार दी है
और तुम
अब कहानी
बन चुके हो,
अब से चन्द सालों के बाद
तुम रद्दी की टोकरी से होते हुए
धूल-भरे पन्नों में तब्दील हो जाओगे
यूँ ही भुला दिया जायेगा
दादी माँ का खूबसूरत लाडला!
अब तुम्हारा वह अचानक, असंयमित,
अक्षुण्ण, असंगत आवेग नहीं होगा,
यह यकीन ही नहीं होता!
और अब ये पंक्तियाँ–
अजनबी पढ़ रहे हैं।

आवाज़

अगर भाषा में इसका अनुवाद किया जाए
तो कुछ यूँ होगा :
एक आवाज़, सेक्सोफोन जैसी मीठी
न जाने कहाँ से आती हुई
पहाड़ों से, मुझसे होती हुई
'सोलेमन' की आवाज़ जैसी–
काँपने लगती हूँ
जैसे काँपती है मीनार घंटा बजने पर।
जब घंटे का ढन-ढन नहीं होगी–
तब हम क्या करेंगे? क्या
सहमे हुए कुत्ते सा मरियल बन जाएँगे।

एक संगीतमय आवाज़ सोलेमन के साथ कहती है
हमें तैयार ही रहना होगा
या फिर हम हैं ही नहीं, बिल्कुल ही नहीं,

वहाँ पर

वहाँ पर सब कुछ कैसा होगा
उसकी कल्पना संजोए, वे गए वहाँ,

सभ्यता की सात परतें,
एक के बाद एक
राख में तब्दील

गर्मी इतनी कि तुम से
पत्थरों पर ज़्यादा देर खड़ा रहा न गया,
"इसी तरह भालू ने नाचना सीखा",

न बसन्त, शरद, न सान्ध्य-आलोक
अँधियारी धरती पर वे प्रकाश की बात करते हैं
रसभरी के पेड़ों पर विलम्बित आलोक।

जितनी कम होती गई उनकी नज़दीकियाँ
महसूस करने लगे एक दूसरे का हृदय स्पन्दन :
पर क्या, क्या, क्या!

मरुस्थल

रेत से भरी हवाएँ, घर को ऐसे रगड़ती हैं
जैसे उसके कोनों को गोलाई में बदलना हो।

तुमने सपने देखें कि तुम मर रहे हो,
हर पल एक-एक क़दम
मैंने देखा कि तुम चले गए
तुम सचमुच चले गए।

मैंने छोटे प्रतीक को चुने,
मैंने तुम्हें एक रबर दिया, मिटाने
सफेद, मामूली सा एक 'सहारा' उपहार।

वक्त हर चीज़ का हल है?
रेत उसे दफ़नाती है।

1944

खुश रहो कि तुम अब भी ज़िन्दा हो,
ज़िन्दा तब भी थे पर गाया था—
'माई बॉडी लाईज़ ओवर दी ओशन्' ।

देखो उन चिड़ियों को
चहचहाते ग्रीष्म में
बंजारन चिड़ियों का झुण्ड
तब भी था
और कौड़िल्ला थी नाले के उस पार।
'रेडार' पक्षी विमुख होता है तड़क-भड़क और
वैभवशाली ढंग से बुने घोसलों से।

एक आनंदमय ग्रीष्म
हरे वायदों से भरा,
वे उड़कर कहीं भी जातीं,
फिर वापस आतीं
कहीं भी हों, उन्हें शान्ति चाहिए
समुद्र के उस छोर वाले घोमरों को भी।

डॉलफिन

क्या तुम्हें यक़ीन है कि डॉलफिन
की स्वतः स्फूर्ति तुम्हें आराम देगी
जब तुम पूरी तरह अनजान और उदास
उसके साथ पानी में छलाँग लगाओगे?
ज़रूरी नहीं—अपनी ज़मीन पर लौट आना
उस आरामदेह सुबह के अहसास के साथ
जिसमें मानवीय सम्वेदना की महक हो,
हर रात मेरी उलझनें कम होती जाती है
कई हफ्तों से सो रही हूँ
चमकीला नर्म 'सिंथेटिक' कम्बल ओढ़े।

पार्क

चलते समय बातें की उन चीज़ों की,
जिन्हें हमने बाद में जिया
जीना मतलब चलते जाना
और चलते जाना
एक सिहरन का मन्द विस्तार है।
तूफानी पेड़ हमारे सिर के ऊपर शाखें हिलाती हैं।

इस 'पार्क' के नीचे लटकता है
सफेद, शान्त ज़मीन पर टिका
अँधेरा एक और 'पार्क'
जहाँ पपड़ीदार चमड़ी वाले जीव पैर घसीटते
शायद ही मिलते हैं एक दूसरे से।

परिपूर्ण जीवन

उसने पूछा—
क्या हम
एक साथ
लेट जाएँ
होटल के
इस बड़े 'बेड' पर
यूँ ही पैजामा पहने हुए
और फिर परिचारक से कहें
एक केक लाने को।

सुबह

मैं बिस्तर के चादर की अस्तव्यस्तता
और पूर्वाभास से जग जाती हूँ,
पर्दा उठता है, अचानक रेडियो बजने लगता है।
तुम 'स्कारलाटी' (Scartatti) साफ सुन सकते हो
अब सारी चीज़े वैसी हैं जैसी वे बन चुकी हैं
अब सारी चीज़ें हैं—हूबहू वैसी की वैसी।
शायद तमाम आशंकाओं के बावजूद
अन्ततः सब कुछ ठीक-ठाक ही हो।

●●●